LE
JUIF AU THÉATRE

Tiré à 100 exemplaires non mis dans le commerce.

N° 

ABRAHAM DREYFUS

LE

JUIF AU THÉATRE

CONFÉRENCE

Faite à la Société des Études juives
le 1ᵉʳ mars 1886.

PARIS

MAISON QUANTIN
COMPAGNIE GÉNÉRALE D'IMPRESSION ET D'ÉDITION
7, RUE SAINT-BENOIT
1886

LE JUIF AU THÉATRE

Mesdames et messieurs,

Permettez-moi d'abord d'adresser à notre cher président les remerciements que je lui dois pour son allocution aussi aimable qu'adroite. En me présentant comme un homme de théâtre, M. le grand rabbin Zadoc Kahn vous indique bien que mes travaux habituels m'éloignent tout à fait du genre d'études qu'on cultive ici et, par conséquent, que je n'ai pu y venir avec la folle pensée de remplacer les illustres savants et hébraïsants qui sont vos conférenciers ordinaires. Ainsi rassurés sur mes intentions, vous me pardonnerez mon audace. S'il me fallait la justifier pourtant, je n'hésiterais pas à invoquer un précédent glorieux pour moi et je vous ferais observer que, grâce au succès remporté récemment par M. Renan à la Comédie française, je ne serai pas le premier auteur dramatique qu'on aura entendu à la Société des études juives.

Mais, pour faire ici la belle conférence dont vous

avez gardé le souvenir, M. Renan n'avait pas eu de peine à se renfermer, comme l'exigent nos statuts, dans le domaine de la science et de l'histoire juive. Cette obligation m'embarrassait sensiblement plus. Je ne m'en serais même jamais tiré si le délégué du Conseil, M. Théodore Reinach, n'était venu à mon aide en me suggérant un sujet qui devait toucher en même temps aux choses que je connais un peu et à celles que j'ignore trop : étudier le personnage du juif dans les ouvrages dramatiques. C'était une question de théâtre et de judaïsme... La lettre des statuts était respectée.

J'ai donc pu accepter l'emploi qui m'était offert pour ce soir et je me suis mis consciencieusement à la besogne en entreprenant de lire toutes les pièces de théâtre dans lesquelles le juif joue un rôle...

Quand je dis « toutes », j'exagère; il existe notamment à la Bibliothèque nationale un ouvrage catalogué ainsi :

Y-Th. 2263 — La Juive de Pantin
ou la Friture manquée, in-8°. Lyon 1836.

J'ai supposé, vu la date et la friture, que cette Juive était une simple parodie de l'opéra d'Halévy, et je me suis dispensé d'en prendre connaissance. Mais toutes les autres pièces inscrites au mot Juif m'ont passé sous les yeux et j'ai pu lire ou parcourir ainsi : le Juif, vaudeville de Désaugiers; le Juif polonais, d'Erckmann-Chatrian, où il n'y a pas de juif puisque le rôle de ce personnage consiste à être assassiné dans la coulisse; le Juif de Venise, de M. Dugué, qu'il ne faut pas confondre avec celui de Shakespeare, l'Antonio du dramaturge français se trouvant être, par une affabulation hardie, le propre fils de Shylock, qui répugne dès lors à l'idée de prélever une livre de chair sur une chair faite de son sang ; *la Juive de Constantine*, un mélodrame de Théophile Gautier ! — *les Juifs de Nérida*, de M... (le nom m'échappe, mais je puis vous dire que la pièce est en vers), et quantité d'autres *Juifs* ou *Juives*, parmi lesquels je signalerai un *Juif-Errant*, de MM. Merville et Maillan, « drame fantastique » représenté le 31 juillet 1834 à l'Ambigu-Comique, et bien fantastique en effet, comme on peut en juger par les noms des personnages que je copie scrupuleusement dans leur ordre : Isaac Ahasvérus, Satan, Simon, l'archange Michel, Barrabas, Renaud de Bar, Jean Dubarry, Louis XV, M. de Sartine, Manassès, Puck, Ariel, Napoléon, Franklin, Marc-Aurèle, le Temps, Esther, Rachel, M\ me Dubarry, M\ me de Pompadour, Lilith, la Mort et les Sept péchés capitaux.

J'ai lu aussi, pour ne parler que des pièces oubliées : *Clotilde*, de Frédéric Soulié ; *l'Impératrice et la Juive*, d'Anicet-Bourgeois ; *les Enfers de Paris*, de Lambert Thiboust ; *Salvator Rosa*, de M. Dugué, déjà nommé ; *On demande un gouverneur*, de M. Decourcelle..., etc. Cela ne m'a pas suffi. Dans la crainte d'omettre quelque œuvre intéressante, j'ai demandé à l'un des grands producteurs du théâtre contemporain, à M. Adolphe d'Ennery, s'il ne connaissait pas d'autres pièces où figurent des juifs, s'il n'en avait pas composé lui-même.

— Non ! m'a-t-il répondu ; jamais, et la raison en est

bien simple. J'estime qu'au théâtre il ne faut pas lutter contre le sentiment public... Le premier devoir de l'auteur est de plaire au spectateur, c'est-à-dire de respecter ses goûts et ses habitudes... Si j'avais mis un juif en scène, j'aurais été naturellement obligé d'en faire un usurier, ou un escroc, ou un traître..., un vilain personnage enfin. Cela m'aurait été désagréable puisque je suis moi-même d'origine juive. Qu'ai-je fait alors? J'ai supprimé le juif, radicalement. Vous n'en trouverez pas un seul dans mon théâtre. En revanche, vous y rencontrerez nombre de missionnaires catholiques qui se jettent au milieu des flammes pour sauver des enfants en péril, et, si je n'ai pas inventé « la croix de ma mère », comme on l'a dit, je l'ai du moins bien perfectionnée!

Cette réponse m'a paru si topique que j'ai songé à la prendre pour épigraphe. Oui, mesdames et messieurs, l'auteur de *la Grâce de Dieu* l'a parfaitement dit : « Au théâtre, le juif doit être odieux. » D'autre part, l'auteur du *Demi-Monde* a écrit (1) : « Il est convenu qu'au théâtre le juif doit être grotesque. » Disons, pour mettre ces deux écrivains d'accord, que le juif sera tantôt odieux, tantôt grotesque, ou odieux et grotesque à la fois. MM. Dumas et d'Ennery n'en ont pas moins exprimé l'un et l'autre une vérité absolue.

Ce n'est pas que le spectateur français — je ne parle que de celui-là pour le moment — déteste les

____

(1) Préface de *la Femme de Claude*.

juifs. Non, certes! Depuis la Révolution, qui leur a
assuré des droits égaux à ceux des autres citoyens, les
juifs français, fidèles à leurs devoirs, sont estimés de
tous; et, à Paris particulièrement, où les petites rivali-
tés de clocher sont inconnues, ils ont pu nouer des
amitiés solides avec les fervents de tous les cultes.
Mais une convention supérieure à toutes les sympa-
thies ou antipathies possibles a décidé du rôle que le
juif devait jouer au théâtre, et le spectateur français
est l'esclave de cette convention. Ce spectateur sera
même très étonné, s'il a un israélite pour voisin, que
l'israélite ne partage pas son hilarité à propos de tel
trait de mœurs ou de tel mot offensant pour la géné-
ralité des juifs.

— Eh quoi! dira-t-il, vous ne riez pas? Vous prenez
un air pincé... Pourquoi?... Ça ne vous atteint pas...
C'est un mot très drôle et très connu... Je l'ai déjà
entendu cent fois... Mais plus les mots sont con-
nus, plus ils font rire... Scribe l'a dit et Sarcey l'a ré-
pété : « C'est du théâtre! »

Et elle est si puissante, cette convention, que les
esprits les plus éloignés de la routine, ceux qui rêvent
un théâtre nouveau, qui proclament ou prédisent la
décadence de notre art dramatique, qui malmènent le
public et gémissent sur son obstination à se repaître
éternellement de vieilles ficelles, de situations usées,
de mots rancis, ceux-là sont les premiers à se servir
des mêmes mots, des mêmes situations, des mêmes
ficelles, quand ils ont des juifs à mettre en scène; eux

aussi ils font alors « la scène à faire », et, quand elle
est faite, ils s'écrient : « C'est du théâtre ! »

Voulez-vous un exemple ?

Alphonse Daudet..., oui, Alphonse Daudet, avec qui
M. Paul Bourde avait eu, à propos du théâtre contemporain, l'intéressant entretien que *le Temps* a rapporté (1),
Alphonse Daudet s'est conformé, pour ses personnages
juifs, à l'ancienne, à l'inévitable tradition.

Vous avez admiré, dans son roman des *Rois en
exil*, le tableau si curieux de l'agence Tom Levis et la
vivante peinture des personnages qui s'y meuvent :
Narcisse Poitou, sa femme Séphora et le père de celle-
ci, le vieux brocanteur Leemans, « un Belge de Gand,
catholique... »

Eh bien, dans la pièce tirée du roman, ce brocanteur
catholique est juif comme tous les brocanteurs de toutes
les pièces passées, présentes et futures, et sa fille, la
piquante Séphora, au lieu d'être la « juive métis » du
livre, la juive « au joli petit nez droit », devient une
juive ordinaire — c'est-à-dire une juive fatale... Car au
théâtre — remarquons encore cela, — autant les juifs
sont repoussants, autant les juives sont séduisantes et
belles d'une beauté fatale... C'est ainsi qu'elles inspirent
toujours une violente passion à des chrétiens qu'une
même fatalité a mis au faîte des grandeurs. Dona
Florinde (de son vrai nom : Sara) est aimée de don
Juan d'Autriche, fils de Charles-Quint; Rachel, la fille
d'Éléazar, est adorée de Léopold, prince de l'Empire,

____

(1) N° du 16 janvier 1886.

et, pareillement, Christian, roi d'Illyrie, est amoureux fou de Séphora... La ressemblance des personnages amène la ressemblance des situations. Le troisième acte des *Rois en exil*, c'est le deuxième acte de *la Juive* — moins la musique.

Est-ce à M. Alphonse Daudet qu'il faut s'en prendre, ou à son collaborateur M. Paul Delair, ou à l'acteur chargé du rôle de Leemans et qui en aura modifié l'aspect primitif en alléguant qu'il « ne le sentait pas » ? Cette dernière hypothèse me paraît assez vraisemblable. L'acteur Chilly a marqué jadis d'une saisissante empreinte le rôle du juif dans *Marie Tudor*, et, depuis cette époque, les artistes dramatiques qui ont à incarner des personnages juifs veulent en faire des « Chilly ». Mais de ce que MM. Alphonse Daudet et Paul Delair seraient indemnes dans l'affaire présente, l'exemple que j'ai pris perdrait-il de sa valeur ? Ne faudrait-il pas en conclure précisément qu'au théâtre, quoi qu'il arrive, en dépit des auteurs, des acteurs ou des directeurs, le juif n'a pas le droit d'être « sympathique » comme l'ingénieur ou le vieux médecin ?

On m'opposera le cas de *l'Ami Fritz*, où le personnage du juif est si hautement glorifié. Mais ce juif est un rabbin, c'est-à-dire un juif exceptionnel; la majorité des israélites n'oserait pas se flatter de ressembler à ce modèle de toutes les vertus, bien qu'il ait existé réellement et que MM. Erckmann-Chatrian l'aient eu sous les yeux autrefois dans la brave petite ville de Phalsbourg. Et puis, a-t-elle donc passé sans encombre, cette aimable idylle alsacienne? N'a-t-elle pas choqué ou déconcerté tout d'abord les spectateurs, qui n'admettaient pas qu'on pût faire une pièce de théâtre avec ce sujet aussi simple que nouveau : un juif mariant deux chrétiens?

On me citera encore une scène très applaudie dans *les Mères ennemies* de M. Catulle Mendès. Au milieu d'un combat entre Russes et Polonais, quand ceux-ci vont succomber, un rabbin s'empare d'une croix tombée à terre et, comme on veut l'en empêcher : « Ce n'est pas la croix que je ramasse, s'écrie-t-il, c'est l'étendard de la Pologne! » Le mot est beau et la situation dramatique. Mais ce digne juif est encore un rabbin ; l'héroïsme est un de ses devoirs... De plus, l'auteur de la pièce est israélite, dit-on. Je ne peux pas, en bonne conscience, lui faire un mérite d'avoir donné un beau rôle à l'un de ses coreligionnaires.

Il faut être de bonne foi. Si l'on cherche des exceptions à la règle que j'invoque, j'en signalerai moi-même une : celle du *Juif*, de Désaugiers. Dans ce vaudeville, représenté à Paris sur le théâtre de la Porte-Saint-Martin le 14 mai 1823, le joyeux chansonnier n'a pas craint de montrer un juif honnête et bienfaisant.

Voici comment :

M. Pincé, « procureur » ; M. Brillant, « petit-maître » ; le sieur Delaune, tailleur ; Mme Descédules, « plaideuse » ; Mlle Hortense, actrice, se rendent de Paris à Orléans en compagnie de Lucette, jeune personne sans profession, et de Isaac Samuel, « juif ». La diligence qui les transporte est arrêtée par des voleurs. Ceux-ci se mettent à dévaliser les voyageurs et ils ont

bientôt fait de vider toutes les poches, lorsque le juif
Samuel, resté jusque-là à l'écart, s'approche d'eux et
leur apprend que Mlle Lucette cache dix mille francs
en billets de banque dans son corsage. Joie des voleurs, désespoir de Mlle Lucette, indignation des voyageurs... et fin du premier acte.

Quand la toile se relève... — Mais vous avez peut-
être déjà deviné le second acte?... J'abrégerai donc.
Les voleurs sont pris, l'argent est restitué à la pauvre
Lucette, et le juif y ajoute deux cent mille francs que,
grâce à son stratagème, il avait pu garder sur lui. Ces
deux cent mille francs constituaient un dépôt qui — par
suite d'un concours de circonstances que je crois pou-
voir passer sous silence — appartenait précisément
à la jeune fille. Lucette épouse un jeune homme
qu'elle aimait, et, pour couronner cet heureux dénouement, Isaac Samuel chante le couplet suivant :

AU PUBLIC

Air : Chaque nuit mon âme abusée.

Messieurs, soit dit en confidence,
Le père à qui che dois le chour
Entre la crainte et l'espérance
Flotte en ce moment tour à tour.
Ah! proufez-lui, comme il suspecte
Quelque orache, quelque débat,
Que le mercredi pour ma secte
N'être pas le chour du sabbat.

Ce qui veut dire, si je traduis bien ces méta-
phores : « Comme l'auteur redoute un insuccès, prou-

vez-lui que vous êtes contents en vous abstenant de
faire du tapage. »

La première représentation du *Juif* avait été, on le
voit, donnée un mercredi. Pour les autres jours
de la semaine il importait de modifier le couplet final.
C'est ce qui fut fait, si j'en crois un avis imprimé à la
fin de la brochure :

« *Nota.* Il faut, au septième vers, substituer à « *pour ma*
« *secte* » ces mots : « *pour notre secte* », lorsque ce couplet
sera chanté le lundi, mardi ou jeudi ; et le quatrain suivant
aux quatre derniers vers, lorsque ce sera le samedi :

> Oubliez tous, comme il suspecte
> Quelque orage, quelque débat,
> Que le samedi pour ma secte
> Ly être, le jour du sabbat.

Le public de 1823 fit-il ou ne fit-il pas de « sabbat »
en voyant jouer cette innocente pièce ? L'histoire ne
nous l'a pas appris. Mais le fait même d'un éclatant
succès n'infirmerait pas la règle si nettement formulée
par MM. Adolphe d'Ennery et Alexandre Dumas fils :
au théâtre, le juif doit être grotesque ou odieux.
Pourquoi ?

Bien des gens en Russie et en Allemagne n'hésite-
raient pas à répondre : « Parce que le théâtre est
l'image de la vie ! » — Nous ne discuterons pas leur
opinion : il y a là des haines dont les causes nous
échappent et qui nous demanderaient un trop long
examen. — Mais en France, où les israélites vivent,

comme je l'ai dit, en bonne intelligence avec les chrétiens, cette réponse ne serait pas de mise. Il faut donc chercher une autre explication et voici, je crois, celle qu'on peut donner : en prenant plaisir à houspiller ou à voir houspiller les juifs sur la scène, auteurs et spectateurs cèdent tout simplement à une sorte d'entraînement indépendant de leurs croyances ou de leurs opinions personnelles ; ils obéissent à des habitudes toutes littéraires, habitudes dont la filiation est aisée à suivre, quoiqu'elle date de loin. Pour en trouver l'origine, il nous faut remonter jusqu'à Marlowe et à Shakespeare.

Oh ! ne craignez pas, mesdames et messieurs, que je parte de là pour vous faire une conférence sur l'auteur du *Marchand de Venise*. Je ne pourrais pas être plus mal inspiré, car elle a déjà été faite, cette conférence, et faite ici même par quelqu'un qui avait qualité pour analyser l'œuvre du grand poète anglais. M. Guillaume Guizot s'est attaché surtout à justifier Shakespeare accusé, paraît-il, d'antisémitisme ! Je dis : paraît-il ; car je n'ai pas eu le plaisir d'entendre la conférence de l'éminent professeur et je n'ai pu la lire, puisqu'il ne l'a pas encore publiée. Mais j'en ai trouvé le compte rendu dans les *Archives israélites*.

Le rédacteur de ce journal dit que M. Guizot a plaidé « les circonstances atténuantes en faveur de Shakespeare » et que, malgré le charme de sa parole, il ne peut se flatter d'avoir obtenu l'acquittement de son client. Diable ! le jury réuni ici l'an passé était donc bien sévère ? Je tremble à la pensée que j'aurais pu

parler devant lui; car, si j'avais eu à exprimer mon
opinion sur l'auteur incriminé, je n'aurais pas hésité
à l'acquitter haut la main !

Shakespeare n'est pas responsable des préjugés du
temps et du pays où il vivait. M. Mézières, qui l'a
étudié comme M. Guizot, déclare que c'était déjà une
singulière audace de sa part que d'oser mettre en pa-
rallèle des chrétiens et des juifs et qu'en composant
le personnage de Shylock tel qu'il l'a conçu, le grand
dramaturge était en avance de plus d'un siècle sur son
époque (1). C'est quelque chose, un siècle d'avance !
Nous ne pouvons vraiment pas en vouloir à Shakespeare de n'avoir pas pensé en 1596 comme on pense
ou plutôt comme on ne pense pas toujours en 1886.

Et puis, oserai-je le dire? il ne me déplaît pas
absolument, ce Shylock qui fait horreur au critique
des *Archives*. Si je n'éprouve pas pour lui la sympathie
que nous devons témoigner aux seuls personnages
bons et vertueux, je ne puis lui refuser une certaine
part de mon estime. Il est cruel, il est odieux; il n'est
pas vil. Sa rapacité est moins aiguë que sa haine, et sa
haine a de la grandeur. Quand le tribunal l'a con
damné, il n'implore pas la clémence de ses juges; on
lui fait grâce de la vie sans qu'il le demande; et lorsque,
au lieu de confisquer tous ses biens, on se contente de lui
infliger une amende à la condition qu'il se soumettra
humblement, il répond : « Eh bien, prenez ma vie et

(1) *Prédécesseurs et contemporains de Shakspeare*, par A. Mézières
chap. IV.

tout; ne me faites grâce de rien! » Ce n'est pas d'une
âme basse, cela. Je préfère de beaucoup ce Shylock
féroce et fier à tous les petits Shylocks adoucis et en-
laidis qui pullulent dans le théâtre contemporain sous
les noms d'Abraham, d'Isaac, de Jacob, de Mardochée
ou de Zacharie.

Il n'en demeure pas moins que la création de Shakespeare a servi de type à ces mauvaises réductions,
comme la Vénus de Milo a enfanté des milliers de
Vénus en simili-pierre, en bronze doré et en gutta-
percha. Sans Shakespeare, M. Ferdinand Dugué n'aurait pas composé ses drames. Eh bien, M. Dugué lui-
même ne me fera pas regretter que Shakespeare ait
existé. Dût-il nous montrer un juif encore plus piteux
que le Shylock atténué de son *Juif de Venise* et plus
voleur que le Bamboccia de son *Salvator Rosa*, je ne
me plaindrai jamais de l'infamie des personnages que
cet auteur aura imaginés. Au-dessus d'eux, je verrai
toujours la saisissante figure de Shylock, et, à côté de
Shylock, Hamlet, lady Macbeth et Othello.

Et il faut que les israélites sachent gré à Shakespeare
d'être venu au monde, car, s'il n'avait pas créé son
Shylock, nos dramaturges auraient peut-être modelé
leurs personnages juifs sur le Barrabas du *Juif de Malte*.
Ah! voilà un juif qui ne laisse rien à désirer! Marlowe
lui a prêté toutes les atrocités qu'une imagination
perverse peut concevoir; à côté de ce personnage
épouvantable, Shylock a l'air d'un agneau; il n'est pas
seulement cruel et rapace, celui-là : il est lâche, hy-
pocrite, fourbe, pétri de bassesse et d'ignominie. On

2

ne compte plus les crimes qu'il commet : il tue un moine ; il accuse un innocent de ce meurtre et le fait condamner ; il oblige deux amis à s'entr'égorger ; il livre Malte aux Turcs, et, quand ceux-ci sont dans la place, il offre aux chrétiens trahis par lui de précipiter ses nouveaux alliés dans des oubliettes... J'omets un incident : il empoisonne sa fille!

On comprend qu'un personnage ainsi conçu révolte les cœurs sensibles. Et encore, non! Cet amas d'horreurs nous laisse froids: il y en a trop. Le héros du *Juif de Malte* me rappelle ces exhibitions foraines qui représentent « les mystères de l'Inquisition ». Le tableau des premières tortures vous impressionne; mais quand, les tortures s'aggravant et s'accumulant, on voit le patient subir en même temps tous les supplices, être tenaillé d'un côté, déchiqueté de l'autre, à la fois étranglé, noyé et brûlé, on se dit que le nombre de ces supplices a forcément amené l'insensibilité du supplicié et qu'en fin de compte le malheureux n'a pas dû souffrir.

Réservons notre indignation pour les œuvres qui, moins violentes dans la forme, sont plus dangereuses au fond et cachent des ferments de haine que la calomnie saura terriblement développer.

La pièce des *Juifs d'Endingen* (1), que notre savant collègue M. Isidore Loeb nous a signalée dans la

______

(1) *Das Endinger Judenspiel,* publié par M. Karl von Amira. — Halle, libr. Max Niemeyer.

bibliographie de la *Revue des Études juives*, appartient à cet ordre de productions. C'est un vieux mystère allemand qu'on joua pour la première fois sur la place publique d'Endingen, en Brisgau, le 21 avril 1616, et qui mettait en scène une cause criminelle jugée dans ce pays plus d'un siècle auparavant.

En 1462, une famille de mendiants chrétiens, qui avait couché dans la grange d'un juif, disparut. Huit ans après, on arrêta l'hôte de ces mendiants avec quelques autres juifs, accusés de les avoir tués pour faire usage de leur sang, suivant la croyance généralement admise au moyen âge. Les juifs furent condamnés, bien que leur culpabilité n'eût pas été établie — l'éditeur du *Judenspiel*, M. Karl von Amira, le remarque dans l'appendice de cette pièce, — et trois d'entre eux furent brûlés sur une colline qu'on vous montre encore dans le pays (*Judenbuck*, la butte aux juifs), comme on y montre la maison où le crime aurait été commis (*Judenhaus*, maison du juif).

Toutes les phases de cette affaire sont représentées dans le drame en question. La pièce débute par une invocation du rabbin Élias au Dieu d'Israël : les juifs célèbrent la fête des tabernacles; il serait à souhaiter qu'à cette occasion ils pussent se procurer du sang de chrétien. Justement, des mendiants arrivent : c'est le nommé Irus, avec sa femme et ses deux enfants. On les a repoussés partout, sauf chez la femme du rabbin, Sarah. Celle-ci leur a donné un abri dans la grange et elle en avertit son mari, qui convoque aussitôt les principaux juifs du pays pour se concerter avec eux au sujet du meurtre qu'il médite; les juifs se rendent dans la grange où les mendiants dorment tranquillement, et le crime est accompli.

Quoique les mendiants aient été égorgés pendant leur sommeil, ils ont crié et leurs cris ont été entendus. Mais on ne s'en est pas inquiété plus que de raison. « Ce sont les juifs qui battent leurs femmes », dit un passant philosophe. Ce fait n'est invoqué que plus tard, lorsqu'on découvre les cadavres des victimes dans un charnier voisin de la maison du rabbin. L'homme qui a fait cette découverte appelle le curé, lequel refuse de s'occuper des cadavres sous prétexte *qu'ils n'ont plus de têtes!* Cette fin de non-recevoir est d'ailleurs punie: le curé tombe frappé de paralysie générale. On prévient alors les magistrats; l'affaire suit son cours: les juifs sont jugés, condamnés, exécutés... et la pièce finit par ces deux vers :

> Gloire à l'auguste Trinité
> A jamais dans l'éternité !

Les tableaux qui se déroulent devant le tribunal sont curieux en ce sens qu'ils reproduisent dans tous ses détails la juridiction de l'époque. Mais le passage le plus caractéristique de la pièce et le plus soigné littérairement est sans contredit celui où le rabbin Elias harangue ses complices. Écoutez :

« Pieux juifs, chers amis, je vous ai fait appeler en toute hâte, dans la jubilation de mon cœur... Quatre pauvres chrétiens, gens faibles et sans défense, ont demandé à coucher dans ma grange. Ma femme les y a conduits comme

des moutons que l'on veut égorger. L'occasion est bonne
pour accomplir notre œuvre...

« Comme rabbin, je ne peux participer à cet égorgement;
mais je veillerai dans la rue, de façon que vous n'ayez rien
à craindre. Chacun de vous se chargera d'une personne.
Qu'on les tue comme les animaux, d'un coup de pointe; puis
qu'on leur coupe la gorge complètement. Avant toute chose
il faut achever les vieux...

« Gardez les têtes et recueillez le sang soigneusement
pour de grandes choses que nous savons. Quand cela sera
fait, je distribuerai le tout avec sagesse et équité. Chacun
aura sa part de ce sang de chrétien si précieux, si bon...
Alerte donc! L'heure est venue. Nulle action virile, nul mi-
racle ne s'est jamais fait par des paroles; il faut agir avec
courage et sans hésitation. »

Voyez-vous apparaître ici, sous la forme la plus
propre à frapper le populaire, cette absurde accusa-
tion du sang rituel qui, entretenue perfidement et
colportée de bouche en bouche à travers les âges, four-
nira plus tard la principale base du procès de Tisza-
Eszlar? Remarquez le sens volontairement obscur de
la phrase accusatrice: « il faut recueillir le sang pour
de *grandes choses que nous savons.* » Quelles choses? Les
juifs ne le disent pas; ils seraient bien embarrassés de
le dire. « Surtout, gardons notre secret! » s'écrie encore
Elias, et le secret est on ne peut mieux gardé puisqu'il
n'y en a pas; mais on veut absolument qu'il y en ait
un et l'on ne se fait pas faute de prouver aux juifs que
ces « grandes choses », quelles qu'elles soient, appel-
lent la torture et la mort.

Passons.

Après le drame où les juifs sont représentés comme de lâches meurtriers, voici la farce qui nous les montre sous des aspects différents, mais pas plus flatteurs. La pièce intitulée *Die Judenschule* (l'École ou la Synagogue des juifs) et jouée à Berlin en 1815 (1) a pour objet de les couvrir de ridicule et d'opprobre. On leur prête des pensées abjectes, des paroles cyniques ; on travestit jusqu'à ces sentiments de famille que leurs plus grands ennemis ne leur avaient pas encore déniés : le père exploite son fils ; le fils raille ses parents ; tout cela dans le jargon mi-hébreu, mi-allemand que les juifs parlaient alors, et mêlé de mots assez drôles. J'y trouve même de l'esprit. De l'esprit dans une pièce allemande !... C'est à citer.

Un juif oblige son fils à quitter la maison paternelle pour aller chercher fortune à l'étranger. A cet effet, il lui remet un paquet de vieux habits et un sac de gros sous. Le fils prend les habits ; mais il refuse les pièces en alléguant qu'elles sont toutes fausses.

— Pour toi et pour nous, c'est possible, répond le père ; mais tu n'auras qu'à les frotter avec la peau de renard que je t'ai donnée : les chrétiens n'y verront que du feu.

L'autre n'est pas convaincu :

— Ah ! parlons-en, de votre peau de renard ! s'écrie-t-il. Les rats l'ont rongée et les mites l'ont rendue chauve... Au-

(1) Elle est connue aussi sous le titre de *Unser Verkehr* (Nos relations).

tant dire que vous ne me donnez rien ; et avec rien on ne
fait rien.

Là-dessus le père s'emporte :

— Le diable t'étrangle d'oser dire qu'avec rien on ne fait
rien !... Avec quoi Jacob est-il devenu riche ? Avec rien. Et
comment Dieu a-t-il fait le monde ? De rien.

— Oui, réplique le fils ; mais en ce temps-là tout était
très bon marché.

Cette pièce eut beaucoup de succès. Les juifs s'ému-
rent des railleries et des calomnies qu'elle déversait
sur eux ; il y eut des scènes tumultueuses dans la salle
et aux abords du théâtre, si bien que la police dut
interdire les représentations. L'acteur principal, nommé
Wurm, continua alors à jouer la pièce dans des mai-
sons particulières avec un succès encore plus marqué :
il imitait l'accent des juifs, ce qui amusait fort les
Berlinois ; finalement l'interdit fut levé.

L'École des Juifs fut suivie d'une autre pièce de même
genre : *les Exploits militaires de Jacob*, qu'on joua à
Francfort en 1816. Mais, cette fois, les juifs eurent le
bon esprit de dédaigner les attaques dont ils étaient
l'objet. La nouvelle farce était, d'ailleurs, misérable ;
elle tomba silencieusement.

On voit que l'antisémitisme allemand ne date pas
d'aujourd'hui.

Les juifs ne doivent pas oublier pourtant qu'en Allemagne même la voix généreuse de Lessing s'est fait
entendre en leur faveur. M. Gaston Paris l'a rappelé
dans sa conférence sur la parabole des Trois An-

neaux (1); il nous a parlé de *Nathan le sage* et a dit
tout ce qu'il y avait à dire sur cette œuvre de haute
tolérance et de « tendre philanthropie ». Je n'ai donc
pas à y revenir.

Je dirai seulement quelques mots d'une autre pièce
de Lessing qui est bien moins connue et dans laquelle
on retrouve les mêmes sentiments. C'est une comédie
en un acte intitulée *les Juifs* et écrite en 1749, c'est-à-
dire trente ans avant *Nathan le sage.*

En voici le sujet. Un baron est attaqué par des bri-
gands sur une grande route. Un voyageur inconnu
vole à son secours. Pour récompenser magnifiquement
ce service, le baron ne trouve rien de mieux que d'of-
frir sa fille en mariage à son sauveur, et la demoiselle
y est toute disposée, car le sauveur a très bon
air. Mais celui-ci fait la sourde oreille. Le baron
insiste, et alors :

Le voyageur. — (*A part.*) Pourquoi aussi ne pas me décou-
vrir ? (*Haut.*) Monsieur, la noblesse de votre cœur pénètre
mon âme. Mais prenez-vous-en à la fatalité et non à moi si
je ne puis accepter votre offre. Je suis...
Le baron. — Déjà marié, peut-être ?
Le voyageur. — Non...
Le baron. — Eh bien, quoi ?
Le voyageur. — Je suis juif.
Le baron. — Juif!... Cruel hasard !
Christophe (domestique du voyageur). — Juif!!
Lisette (servante du baron). — Juif!!!

(1) Cette conférence a été publiée dans le n° 21 de la *Revue des
études juives* (juillet-septembre 1885).

Là, il y a *un temps,* comme on dit au théâtre.

LA JEUNE FILLE. — Eh bien, qu'est-ce que cela fait ?
LISETTE. — Chut, mademoiselle, chut! Je vous dirai plus tard ce que cela fait!

Nouveau silence après lequel le baron se décide à parler :

LE BARON. — Faut-il donc qu'il y ait des circonstances où le ciel lui-même s'oppose à notre reconnaissance !

Et c'est tout. La pièce finit sur l'expression de ce regret. Ce n'est pas comme dans la *Georgette* de Sardou, où les personnages ne se rallient au dénouement imaginé par l'auteur qu'après avoir discuté tous les moyens d'en trouver un autre. Le mariage est-il possible ou ne l'est-il pas? Les uns disent oui; les autres non. Ici la question ne se pose même pas.

Je remarque encore dans cette pièce un passage assez significatif, celui où le domestique du juif découvre l'identité de son maître :

CHRISTOPHE. — Quoi! vous étiez juif et vous avez eu le cœur de prendre à votre service un honnête chrétien ? C'est vous qui auriez dû me servir. C'eût été conforme à la Bible... Vous avez outragé en moi toute la chrétienté... Je m'en plaindrai à qui de droit !

A quoi le juif répond qu'il ne peut pas avoir la prétention d'obliger son domestique à penser mieux que le reste des chrétiens. Il n'a qu'à lui régler ses gages. Et c'est ce qu'il fait en y ajoutant le don d'une tabatière pour le consoler de son juste désappointement. Mais ce trait va au cœur de Christophe :

CHRISTOPHE. — Eh bien, non, par le diable, il y a aussi des juifs qui ne sont pas des juifs !... Vous êtes un brave homme... Topez là ! Je reste avec vous... Un chrétien m'aurait donné du pied quelque part... et pas de tabatière !

La publication des *Juifs* donna lieu à une polémique plus curieuse encore que la pièce même. La *Gazette littéraire de Gœttingen* critiqua cet ouvrage en déclarant que le caractère du principal personnage était hors de toute vraisemblance. « Comment admettre, dit le correspondant de la *Gazette*, qu'il puisse exister un homme d'une probité si délicate dans une nation dont les principes, l'éducation et les mœurs y sont si opposés ? D'ailleurs, quand il se trouverait parmi les juifs une âme assez heureusement née pour s'élever par elle-même à un si haut degré de perfection, *n'en serait-elle pas empéchée par les traitements cruels que toute la nation éprouve de la part des chrétiens, et ces traitements ne suffiraient-ils pas à les lui rendre odieux ou pour le moins indifférents ?* »

Que dites-vous de ce raisonnement ? La suite en est tout indiquée : « J'ai tant battu mon chien qu'il doit être enragé ; donc, je vais le jeter à l'eau. »

Le grand ami de Lessing, le sage Moïse Mendelssohn, ne pouvait pas rire de ce sophisme comme nous le ferions aujourd'hui. Il répondit à l'article de la *Gazette de Gœttingen* par une lettre toute vibrante d'indignation : « Qu'on continue, s'écrie-t-il, à nous faire gémir dans

la servitude et l'avilissement au milieu des citoyens
libres et heureux, qu'on continue à nous rendre l'objet de l'horreur et du mépris de tout le monde; mais
qu'on ne nous conteste pas au moins le droit de chérir
la vertu! Quelle misère! Toute la moralité de nos ac-
tions est donc perdue? La nature n'a donc été pour
nous qu'une injuste marâtre puisqu'elle nous a refusé,
dit-on, ce qu'elle a donné à tous les hommes: l'amour
et l'instinct du bien! »

Il me resterait à parler encore, pour être quitte avec
l'Allemagne, d'une pièce toute moderne, *la Comtesse
Lea*, comédie en cinq actes et en prose, de M. Paul
Lindau, jouée à Hambourg et à Berlin, et très favo-
rable aux juifs. C'est un plaidoyer plutôt qu'une œuvre
dramatique; comme la plupart des pièces dites à
thèse, elle manque d'action et se ressent trop de la
préoccupation qui l'a inspirée. Je pourrais vous en lire
quelques passages; mais l'heure me presse: je gagnerai
du temps et je vous servirai mieux en vous renvoyant
à un excellent article d'Arvède Barine, publié dans la
Revue bleue du 29 juillet 1882. Vous y trouverez, à côté
d'une analyse très complète de *la Comtesse Lea*, des ren-
seignements intéressants sur la situation des israélites
d'outre-Rhin.

Et maintenant revenons en France et restons-y, si
M. Alexandre Dumas fils veut bien nous le permettre.
Je dis *nous* pour mes auditeurs juifs et pour moi.
Il y a treize ans, au moment où il fit jouer sa *Femme de
Claude*, le célèbre écrivain voulait nous envoyer en

Palestine. C'était dans notre intérêt, je n'ai pas besoin
de le dire : les bons sentiments que M. Dumas professe à
notre égard s'étaient même manifestés, dans la *Femme
de Claude*, par le choix des personnages chargés d'exprimer ses idées sur la race juive. Ces personnages
étaient juifs eux-mêmes et les plus beaux qu'on pût
voir : c'était un nommé Daniel, qui portait sans faiblir
son nom de prophète, et sa fille Rebecca, un ange, fort
bien représenté par Mlle Pierson ; je vois encore la robe
blanche et les poses séraphiques de la séduisante
actrice.

Mais quoi ! si sympathiques qu'ils fussent, Daniel et
Rebecca ne pouvaient se flatter de rallier à leur projet
la majorité des israélites établis à Paris. Les considé-
rations politiques et économiques sur lesquelles ils
s'appuyaient pour prêcher l'émigration en Palestine
étaient vraiment trop faibles, et le verset de la *Haggada*,
rappelé par Daniel à la fin de la grande tirade du
IIe acte, ne pouvait être interprété dans le sens que
cet homme ardent lui attribuait. Quand les israélites
disent à certains jours de fête : « L'année prochaine,
à Jérusalem », ils font allusion à une Jérusalem toute
spirituelle, à la Jérusalem de l'ère messianique, pré-
dite par les prophètes, c'est-à-dire au temps où tous
les peuples, ayant abjuré leurs haines, seront confondus
dans le culte d'un même Dieu. Le siège terrestre de
cette Jérusalem peut donc être où l'on voudra — à
Paris même si les nations un jour réconciliées con-
sentent à prendre notre ville pour capitale de l'uni-
vers.

En attendant, les israélites, qui s'y trouvent bien,
n'ont aucune raison de la quitter, sans compter qu'ils
se priveraient ainsi d'un des plaisirs auxquels ils
tiennent le plus, le plaisir d'applaudir les pièces
de M. Dumas. C'est l'observation qu'exprimait un
artiste du Gymnase en me disant, quelques jours
après la première représentation de la *Femme de Claude* :
« Oui, votre départ pour Jérusalem, ce serait certai-
nement un beau rêve...; mais ça ferait bien des vides
à l'orchestre ! »

Et puis, en arrivant du Lac-Salé ou de quelque autre
pays lointain pour convier ses frères à « reconquérir leur
patrie perdue », Daniel oubliait une chose sur laquelle
je glisserai légèrement pour ne pas hausser le ton de
cette causerie familière, mais qu'il me faut dire pourtant : Daniel oubliait qu'il parlait à des israélites français et que, pour ces juifs, il n'y a qu'une patrie :
celle qui les a adoptés, qu'ils aiment et qu'ils ont dé-
fendue... Évidemment ce grand voyageur ne s'était
pas trouvé en France pendant la guerre...

Mais laissons Daniel à ses billevesées. Il n'y aura pas
persisté, j'imagine. J'ai tout lieu de croire, en tout cas,
que M. Dumas ne lui prêterait plus aujourd'hui l'ap-
pui de son grand nom et de son admirable talent.
Depuis 1873, l'auteur de *la Femme de Claude* s'est allié
à une famille israélite ; il a pu mieux connaître ainsi
les sentiments des juifs français, et l'idée de les envoyer
tous à Jérusalem ne trouverait plus en lui un apôtre
convaincu. Ensuite il serait peut-être obligé de partir
aussi pour ne pas abandonner ses enfants... Le voyez

vous installé en Palestine? Que dirait-on au Théâtre-Français, et à l'Académie française, et même à la Société des études juives, puisque M. Alexandre Dumas fils nous a fait l'honneur de s'inscrire au nombre de nos sociétaires?

Permettez-moi de vous présenter maintenant un juif tout à fait extraordinaire : le juif catholique!

Je n'entends pas désigner ainsi, comme on pourrait le croire, le juif qui, honteux de son origine, veut la faire oublier en se mêlant au monde dit bien pensant et se donne l'air d'un parfait catholique... Non! c'est juste le contraire : le personnage dont je veux parler est un catholique qui se fait passer pour juif!

C'est au théâtre de la Porte-Saint-Martin, le 5 octobre 1876, que ce personnage a fait son apparition. Il appartient à M. Louis Davyl et figure sous le nom d'Esdras dans un drame composé par cet auteur et intitulé *Coq-Hardy*.

Ledit Esdras, qui s'appelle en réalité Moreau, a remarqué que les juifs se soutiennent mutuellement et deviennent tous riches. Il s'est donc fait passer pour juif, et c'est en cette qualité qu'il tient une auberge fréquentée par des soudards catholiques. Mais savez-vous où et quand l'action se passe? A Paris, en pleine Fronde, c'est-à-dire après la publication de l'édit de Louis XIII qui interdisait toute accointance avec les juifs sous peine de mort! C'était bien le moment, comme on voit, de prendre le nom d'Esdras! Nous connaissions la fable du Loup qui revêt une peau de

mouton pour s'introduire dans une bergerie; l'idée
du loup employant le même déguisement pour aller
vivre avec les lions est peut-être plus originale : elle
est à coup sûr moins heureuse.

Ce n'est pas tout. Pour qu'on ne doute pas de son judaïsme, Esdras feint une extrême dévotion : il ne se
contente pas d'observer le repos u sabbat et d'être
assidu à la synagogue; il se promène sans cesse avec
une Bible qu'il lit à haute voix. Voulez-vous que je vous
cite un des passages de cette Bible, pris dans la pièce :
« Alors Jésus leur dit... » Le juif de M. Davyl lit le
Nouveau Testament !

Cette fièvre d'anachronismes avait gagné jusqu'au
décorateur. Un des actes de la pièce se passe à Saint-
Germain : la toile du fond représentait l'aqueduc de
Marly !

Esdras n'eut pas, d'ailleurs, le succès qu'il ambition-
nait. « L'épisode du juif, dit M. Auguste Vitu, appartient à un genre littéraire fort pénible : celui du
comique qui ne fait pas rire. » Mais, en revanche, que
de trouvailles plaisantes dans la partie dramatique
de la pièce! « Soyez heureux, monsieur le cardinal,
s'écrie Coq-Hardy condamné à mort par Richelieu : ma
tête est encore sur mes épaules, *mais mon cœur est
décapité !* »

Une autre phrase avait aussi fort égayé le public de
la première représentation : « Pendant quinze ans j'ai
bu toutes les larmes de mon corps; maintenant je bois
de l'eau-de-vie! » Mais je dois dire que je n'ai pas re-
trouvé cette phrase dans la pièce imprimée. Le nou-

veau texte porte : « J'ai commencé par boire mes larmes; mais, comme cela se tarit, j'ai fini par boire dans un verre! » — C'est mieux, évidemment.

Pour achever cette rapide revue, il me reste à parler d'un personnage qui n'appartient pas encore à la série des juifs de théâtre, mais qui y figurera sans doute bientôt, puisque c'est la mode aujourd'hui de faire des drames avec les romans. Je le trouve dans *les Monach* de M. Robert de Bonnières. Ce roman est une esquisse de la haute vie parisienne, à laquelle se trouve mêlée une étude consciencieuse et souvent exacte de certaines coutumes juives. Les principales figures sont israélites ; la plus originale, la mieux *vue* est celle d'une femme qu'on ne voit pas : c'est la vieille mère du baron Monach, l'aïeule restée seule fidèle aux culte des ancêtres et qui se console de son isolement en priant et en parlant hébreu avec un jeune *hazzan* (chantre) que le baron a engagé pour la circonstance. Ce dernier trait est bien saisi : le baron est resté bon fils, malgré la vie qu'il mène ; il aime et vénère sa mère et, par déférence pour elle, il s'astreint de temps en temps à des pratiques religieuses qui l'ennuient; il observe les fêtes, il se condamne à manger suivant le rite, etc.

Mais, à part cela, est-ce un juif, cet homme qui laisse railler les croyances juives, qui veut marier sa fille à un catholique, qui, dès que sa mère sera morte, se fera probablement baptiser, entrera en relations directes avec le Saint-Père pour être nommé comte ro-

main et ne recevra plus ses anciens coreligionnaires?
Il y a eu des juifs de cette espèce, c'est bien certain.
Mais ce juif tout particulier ne peut être pris pour *le*
juif, c'est-à-dire pour l'homme qui a gardé au fond du
cœur la foi de ses pères et l'orgueil de son antique origine.

L'auteur des *Monach* n'a peint que le parvenu; et,
à ce point de vue spécial, son baron n'est pas
plus juif que catholique, ou protestant. M. de Bonnières s'arrête, par exemple, sur un détail qui lui paraît caractéristique: Monach, montrant son hôtel à
des visiteurs, vante la richesse de l'ameublement, dit
les prix qu'il a payés et fait tâter l'étoffe d'une couver-
ture pour qu'on constate qu'elle est brochée de soie et
d'argent. « Comme c'est bien *juif!* » a dû se dire l'auteur en notant ce trait. Eh bien, non. : ce n'est
pas *juif* du tout. Un juif vraiment juif marcherait plutôt sur la soie et l'argent pour faire croire que ce luxe
ne l'émeut pas et qu'il a des couvertures toutes
pareilles dans ses écuries.

M. de Bonnières me dira que le type a été pris sur
nature, qu'il connaît dix juifs, vingt juifs comme son
Monach. Parbleu! moi aussi! J'en connais quarante
qui font du bruit comme quatre mille. Mais, en bonne
justice, ces quarante juifs qui sont de faux juifs
peuvent-ils personnifier tous les autres, les vrais?

Ce sont ces vrais juifs que les écrivains soucieux de
la réalité devraient étudier! Pour cela il faudrait aller
les voir où on les trouve: dans leurs familles, dans
leurs magasins, dans leurs bureaux, dans leurs usines,

dans leurs laboratoires, dans les bibliothèques, dans les salles d'études, et dans leurs campements quand ils sont soldats. Car on ne nous montre jamais que des juifs faisant le commerce d'argent... Pour quelle raison ? Les juifs ne sont pas forcément banquiers! Me croira-t-on si j'affirme même qu'ils ne sont pas tous millionnaires ?...

— Mais, s'écriera-t-on, que vous faut-il alors ? Vous ne voulez pas du juif usurier, ni du juif voleur, ni du juif assassin, ni du juif apôtre... Si nous vous représentons des juifs quelconques, des juifs qui ne se distinguent pas des chrétiens, ces juifs n'auront pas l'air d'être juifs... Alors pourquoi seraient-ils juifs ?

Eh bien, oui, au fait: pourquoi ?

Qu'on continue à mettre le juif au théâtre comme un personnage des temps passés et qu'on le charge, pour les besoins du drame plus ou moins historique où il figurera, de tous les péchés d'Israël, je n'y vois pas d'inconvénient.

Mais dans notre théâtre moderne, qui doit vivre d'observations générales, où les analyses subtiles du roman n'ont que faire et qui n'a pas à étudier les défauts ou les mérites particuliers à telle race ou à telle province, le Juif agissant comme Juif me semble aussi faux, aussi démodé que le Breton représentant des vertus séculaires parce qu'il est Breton.

Je sais bien que nos auteurs dramatiques, privés de ce personnage traditionnel, perdront du coup le bénéfice des « effets » sur lesquels ils avaient pu compter

jusqu'ici. Le vieux théâtre en sera révolutionné...
Qu'importe si l'art et la vérité y gagnent?

Souhaitons donc, mesdames et messieurs, que cette
révolution se fasse ; souhaitons-le de tout notre cœur,
car elle marquerait en même temps un nouveau pro-
grès dans les mœurs.

Et que cette fois la révolution ne s'arrête pas à la
frontière de notre pays ! — de telle façon que la moralité de la pièce de Lessing soit comprise des Allemands
eux-mêmes et que l'ébahissement du baron sauvé par
un juif leur apparaisse désormais comme un témoi-
gnage curieux des préjugés d'autrefois, comme un
frappant exemple d'ignorance et de bêtise.

2 octobre

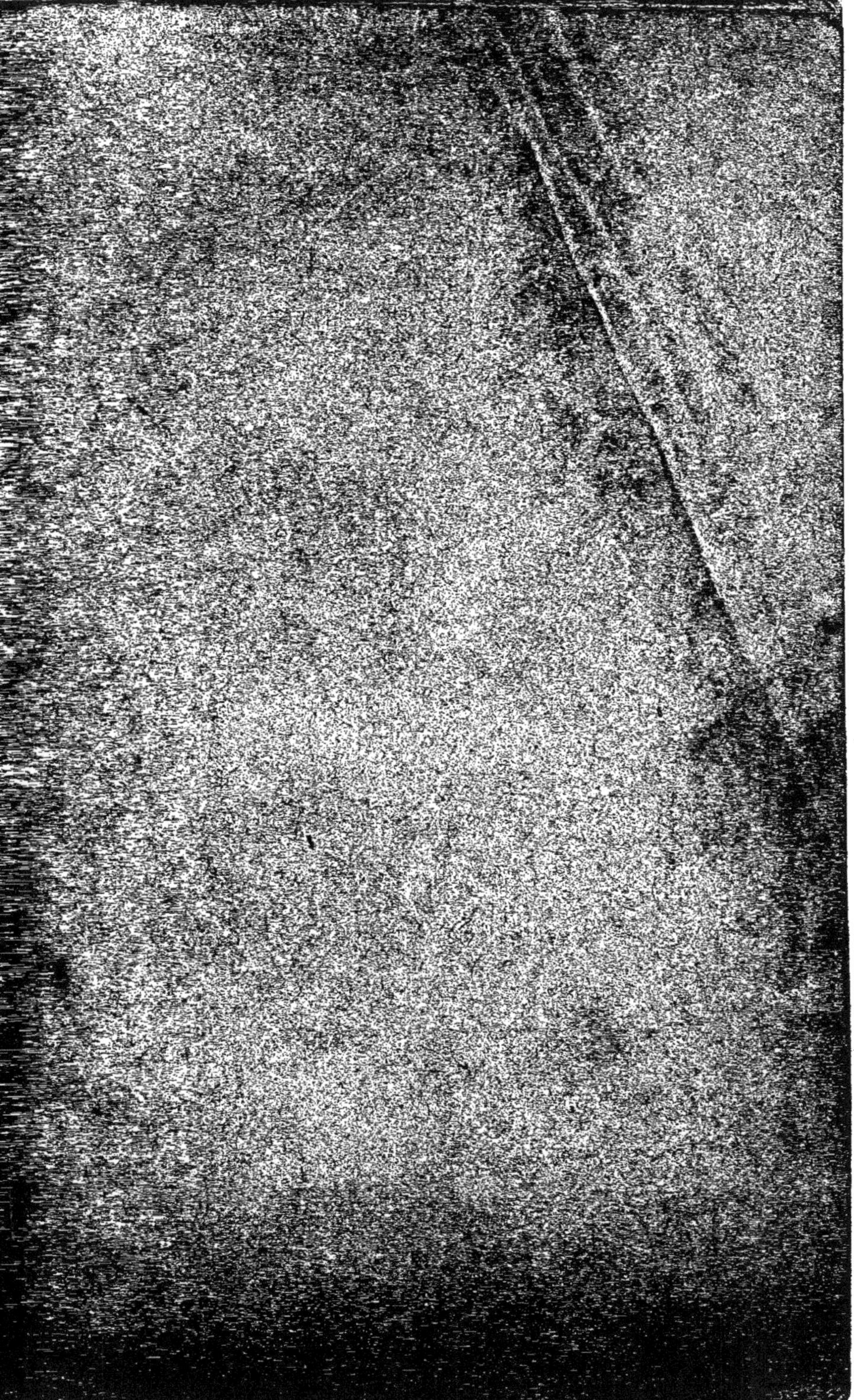

9 782016 194980